Amina and the City of Flowers
Si Amina y el Cuidad de maga Flores

A CHAVACANO TALE / UN CUENTO CHAVACANO

Dedicated to Philippine weavers, who keep culture alive
Para con diaton maga tejero na pais que ta cuida con el cultura

Christina Newhard

STORY BY / CUENTO DI **Christina Newhard**

ILLUSTRATIONS BY / ILUSTRACIONES DI **Robbie Bautista**

TRANSLATION BY / TRANSLACION DI **Floraime Oliveros Pantaleta**

What is Chavacano, and Where is it Spoken?

Chavacano is a very special language. It is special to both Zamboanga City, where it is most widely spoken, and to the world. It is a rare example of a Spanish Creole (a complete language developed from a mixture of Spanish and other languages)*. Chavacano evolved around shipping ports, and became a bridge between speakers of Spanish and speakers of indigenous Philippine languages. Chavacano is also spoken in Basilan, the Sulu Archipelago, Davao, and Cavite.

Zamboanga City

Zamboanga is a richly diverse city—there are Subanen, Tausug, Sama, Badjao, Ilonggo, Cebuanos, Chinese, and Yakan who call it home. Most Zamboagueños are Christians, but a large percentage are Muslims, and small numbers are Buddhists and animists. Chavacano is the common language that connects all Zamboagueños, regardless of ethnicity, mother tongue, or religion.

Who are the Yakan?

The Yakan are a mostly Muslim tribe who live in Basilan and the Sulu Archipelago (Southern Philippines). Their weaving is famous for its skillful geometry and bright colors. Many Yakans resettled in Zamboanga City, after conflict displaced them from their homes on Basilan Island. Weaving is a way for Yakan women to both earn income and preserve their culture. These weaving techniques are passed down from generation to generation of Yakan women and girls—they are a living heritage.

* The only other Spanish Creole in existence is called Palanquero, and is spoken in Colombia.

Cosa el Chavacano, y Onde con ele ta Conversa?

Distinto el lenguaje Chavacano. Especial ele na Ciudad de Zamboanga onde con ele ta conversa, y especial le na enteroy mundo. El Chavacano un ejemplo de creole Español (lenguaje que ta mezcla palabra y estructura Español y otro lenguaje)*. El Chavacano ya creci na maga espacio de interaccion del maga trabajante nativo y maga Español. Ya servi le como puente para con el comunicacion de estos dos grupo de gente. Ta conversa tambien con el Chabacano na isla de Basilan, na archipelago de Sulu, na ciudad de Davao, y na provincia de Cavite.

Riqueza del Zamboanga el mucho clase de gente que ta esta na ciudad—maga Subanen, Tausug, Sama, Badjao, Ilonggo, Cebuano, Chino, y Yakan. Cristiano el mayoria del maga Zamboangueño pero grande porciento tambien na populacion el maga Muslim. Tiene tambien ta queda na ciudad maga Budista y Animista. Chabacano el lingua franca ta uni con el maga Zamboangeño, masquin cosa pa el etnicidad, lenguaje, y religion

Quien el maga Yakan?

Tribo Muslim el maga Yakan que ta queda na Basilan y na archipelago de Sulu (na sur del pais). Famoso diila maga obra para con de estos habilidoso geometria y maga vivo color. Mucho na maga Yakan ya esta na Zamboanga despues saca kanila el diila maga sitio na isla de Basilan. Un manera el tejida para con maga mujer Yakan para incuntra ganancia y para sustene diila cultura. Vivo el cultura Yakan na maga tecnica que ta incinia tambien sila na siguiente generacion de tejero Yakan.

* *Palanquero el otro existente creole Español. Ta conversa con este na Colombia.*

Chavacano-English Glossary

NUMBERS

unu - one

dos - two

tres - three

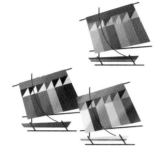

COLORS

colorao - red

amarillo - yellow

violeta - purple

verde - green

ADJECTIVES

"muy vivo de colores" - colorful
(literally: "alive with color")

alegre - jolly

brillante / vivaracho - bright

redondo - round

VERBS

tejer / teja / tejada - weave / weaving

pinta - draw

walk - camina, anda

baila - dance

almorsa - to eat
breakfast

NOUNS

curacha – crustacean
with the appearance of
a combination of lobster
and crab

vinta - a traditional boat
from southern Mindanao. The assorted
vertical colors on the sails represent the
colorful culture and history of the Muslim
community.

nana / mama - mother

tata / papa - father

maestro / maestra - teacher

flores - flowers

mariposa - butterfly

cayuman - crocodile

pajaro - bird

pescao - fish

monte - mountain

luma - loom

EXPRESSIONS

"Buenas!" - "Greetings!"

"Ojala!" - a pronouncement of leaving
something to fate, or "I hope it happens"

"Ay! Agay!" - "Ouch!"

"Dol otro gente" - "You are no different
from us" / "we are already family" (lit-
erally: "like other people"). Usually said
to encourage someone to accept food in
one's house, or the kindness one offers.

In Zamboanga City, in the Yakan weaving village, lives a girl named Amina. Every day, she watches her mama weave bright patterns on her loom.

Red thread, yellow thread, purple thread, green thread.

Crocodile, fish, mountains, boat.

Na ciudad de Zamboanga, na pueblo de maga tejero Yakan, tiene jutay mujer que el nombre si Amina. Cada dia, ta mira le con su nana ta teja maga diseño na luma que bien vivo na maga colores.

Hilo colorao, hilo amarillo, hilo violeta, hilo verde.

*Maga cayuman, maga pescao,
maga monte, el barco.*

Whenever they move, her mama weaves another tapestry.
A weaving for every place they've lived: Lamitan, Isabela,
Zamboanga. They've lived in many places already.

Amina misses Lamitan, where she was born. She misses
her Yakan friends there.

*Cada vez cambia sila casa, ta teja su nana un tapiz. Un
tapiz para cada lugar que sila ya queda: Lamitan, Isabela,
Zamboanga. Muchu ya sila onde ya queda.*

*Tan triste si Amina acordando con el Lamitan onde le ya
nase. Tan triste le pensa con su maga amiga y amigo Yakan
ya deha le alya.*

isabela

zamboanga

lamitan

"Amina, you try. You'll feel better if you weave a story," says her mama.

"How do I weave a story?" Amina asks.

"Sit at the loom. Count the threads. Weave what you see."

"Amina, bene tu. Ay sinti tu bueno si pruba tu kunta storia por medio de tejada," abla su nana.

"Quilaya yo se puede hace, Ma?" ya pregunta si Amina.

"Sinta tu aqui na luma. Kunta con el maga hilo. Teja kosa tu ta mira."

Amina sits at the backstrap loom. She looks out the window. She sees the ocean, she sees the mountains, but nothing moves her loom.

Amina thinks, "I'll go into the city. I'll find something to put in my weaving."

Ya sinta si Amina na luma. Ya mira con el mar apuera del ventana y para con el maga monte, pero nuay siempre mobe su luma.

Ya pensa si Amina, "Si abaha kaha yo na pueblo… Buska yo kosa icha na mi tejada."

She rides the multicab into town with her papa. He says, "Amina, let's stop at Mang Ali's satti shop for breakfast."

Ya munta si Amina multicab para na pueblo huntu con su tata. "Amina, nya! Pasa ta kun Mang Ali. Kome ta satti para almuerso," abla pa su tata.

Mang Ali is Tausug. His jolly voice booms from the door of the satti shop, joking with Amina's papa. Amina sees the beautiful rich red of the satti sauce. She draws the squares of satti on tiny sticks, and the round shape of Mang Ali's hat.

Mang Ali's wife, Grace, is Ilonggo, not Tausug, but she's just as jolly as Mang Ali. Amina draws the perpendicular lines of the gold cross around her neck.

Tausug si Mang Ali. Su alegre voz ya alza desde puerta del tienda de satti, bromeando con el tata di Amina. Ya mira si Amina con el salsa de satti que bien colorao. Yan pinta le con el maga porma del carne na maga jutay palito y el redondo del sombrero di Mang Ali.

Ilongga el esposa di Mang Ali, si Grace, hende Tausug. Pero alegre gente tambien le como su marido. Yan drawing tambien si Amina con el maga linya perpendicular del cruz oro na pescueso di Grace.

They travel past the Badjao village, at the ocean's edge. The Badjao, in their colorful pants, live on the water. Their houses on stilts crisscross the water's surface in rectangles. They even have a floating school! Amina draws that too.

Cuando ya pasa sila na maga casa del maga Badjao na orilla del mar, ya mira si Amina con el diila maga pantalon lleno de color. Ta queda sila na mar. El diila maga casa na maga stilto ariba del agua. Tiene tambien sila scuela ta flota na mar! Todo estos, ya kaba man drawing si Amina.

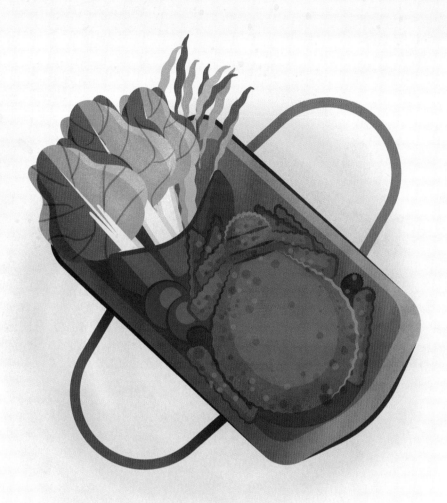

They walk through the market, filled with noise and color.
Amina stares at the fat curacha crabs. She sees her Subanen
schoolteacher, Ms. Pascual, buying mangoes and sardines.
Amina greets her respectfully.

*Ya kamina sila na pueblo, lleno de color y ruido. Ya mira si
Amina con el maga gordo curacha. Ya mira tambien le con
el su maestra Subana, si Señorita Pascual, ta kompra maga
mangga y sardinas. Ya saluda si Amina con ele como debe
lang tambien.*

She sees her schoolmates, Jamie and Kim, on their way to temple. She draws the curves of their arms waving to her, and the curves of the Chinese temple behind them.

She sees a Sama dancer practice the Igal dance in her courtyard. She moves like a bird, her long metal finger-tips shining in the sun.

Ya mira tambien le con su maga uban na escuela, si Jamie y Kim, ta anda na templo.
Ya pinta le con el maga curva del diila maga brazo tan paypay con ele y con el curva del
Templo de Chino na detras.

Ya mira tambien le un Samal tu builu con el baile Igal na su patio. Como pajaro este
ta mobe, su maga unyas metal bien largo y ta brilla na sol.

She walks past mosque and church and Fort Pilar. She sees colorful vintas in the harbor, as they prepare to race. They walk past the butterfly garden, and she sees the bright patterns on their wings.

Ya pasa si Amina con el mosque y el iglesia y con el Fort Pilar. Ya mira le maga vinta que muy vivo de colores na pantalan ta prepara para regata. Ya pasa sila na hardin de maga mariposa, y ya puede le mira na maga brillante diseño del diila alas.

Amina goes home to her mama, and weaves beside her.

Red thread, yellow thread, purple thread, green thread.

Cross, crescent, bird, butterfly, Badjao, Tausug, people, flowers.

Ya sinta si Amina na costao de su nana y ya principia teja hunto.

Hilo colorao, hilo amarillo, hilo violeta, hilo verde.

Cruz, creciente, pajaro, mariposa, Badjao, Tausug, gente, flores.

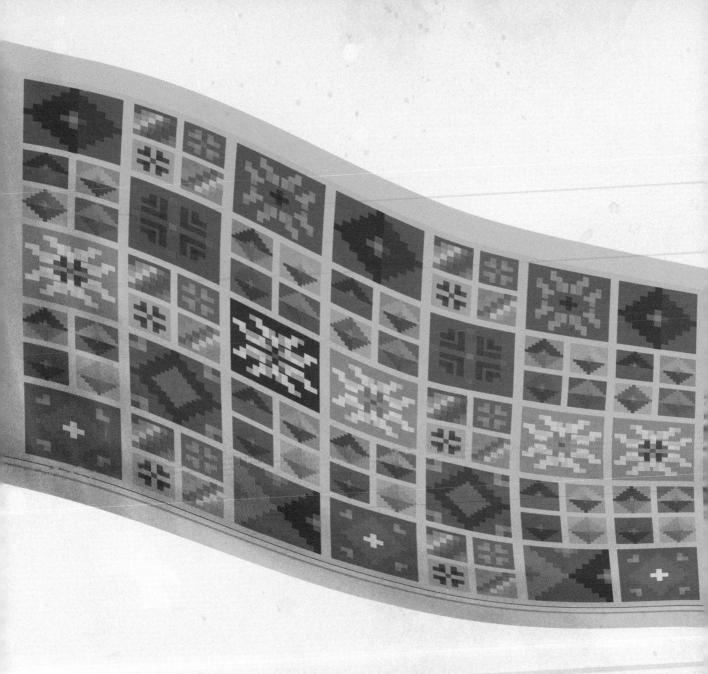

She sees that the people are flowers. Like her, they've come from somewhere else, and are growing in Zamboanga.

She lives in a City of Flowers, and this is what she weaves.

Ele ya pensa que estos maga gente que flores tambien. Como ele, ya vene sila y ahora ta creci na Zamboanga.

Ele ta vivi na Ciudad de maga Flores, y este le ay teja.

DISCUSSION QUESTIONS

1. Draw your favorite part of the story, or your favorite character.
   Hace drawing con di tuyu favorito parte del cuento, o con el di tuyu favorito karakter.

2. What are some of the shapes in this story? Look for them in the illustrations and the text.
   Cosa el maga figura que puede tu incuntra na cuento? Pruba busca y incuntra kanila na maga ilustracion y texto.

3. Cities have many different types of people living in them. Can you list some of the people mentioned in the story, and the communities they're part of?
   El maga ciudad muchu diferente klase de gente. Lista con el maga ya puede incuntra aqui na cuento y con el maga komunidad que onde sila ta sale.

4. List three adjectives that describe Zamboanga City. Is Zamboanga similar to or different from where you live?
   Lista tres adjectivo ta discribi con el Ciudad de Zamboanga. Igual ba el Zamboanga con el lugar donde tu ta queda?

5. Amina's family has moved several times. Why do you think they moved to Zamboanga City? What are some of the reasons why families move?
   Cuanto vezes ya ya cambia casa el familia di Amina. Ta pensa tu, por que kaha ya cambia kanda Amina para na Zamboanga? Kosa el maga rason por que ta cambia lugar el un familia?

6. When someone moves to your neighborhood or school, what might they be feeling? What are some things you can do to welcome them, and make their new home feel safe and familiar to them?
   Cada vez tiene tu ta mira maga nuevo gente ta mobe na di tuyu lugar o scuela, kosa tu ta pensa sila ta sinti kay nuevo sila na lugar o scuela? Kosa tu puede hace para hace bueno diila venida y para manda kanila sinti que bueno y familiar el lugar?

7. If you were the author, would you change anything in the story? Why, or why not?
   Si itu el autor, tiene ba tu kosa quiere cambia na cuento? Kosa? Y por que?